Annette Roeder

DIE KRUMPFLINGE

Egon taucht ab!

Annette Roeder

DIE KRUMPFLINGE

Egon taucht ab!

Band 4

Mit Illustrationen von

Barbara Korthues

Bei diesem Buch wurden die durch das verwendete Material und die Produktion entstandenen CO_2-Emissionen ausgeglichen, indem der cbj-Verlag ein Projekt zur Aufforstung in Brasilien unterstützt.
Weitere Informationen zu dem Projekt unter:
www.ClimatePartner.com/14044-1912-1001

Verlagsgruppe Random House
FSC® N001967

3. Auflage

Vermittelt durch die Literarische Agentur Barbara Küper
Umschlag und Innenillustrationen: Barbara Korthues
Serienlogo: Barbara Korthues
Lektorat: Hjördis Fremgen
hf · Herstellung: AJ
Satz und Reproduktion: Lorenz & Zeller, Inning a. A.
Druck: Grafisches Centrum Cuno GmbH & Co. KG, Calbe
ISBN 978-3-570-17123-3
Printed in Germany

www.cbj-verlag.de
Dieses Buch ist auch als E-Book erhältlich.

Inhaltsverzeichnis

Aus Albis Freundebuch

Vorname: Egon

Nachname: Krumpfling

Haare: babyspinatgrün und überall am Körper

Augen: glupschig

Größe: 17,3 cm, wenn ich mich strecke

Besondere Merkmale: herzförmiger Fleck rechts auf der Brust

Das bin ich:

ganz schön, gell?!

Familie: ungefähr 49 Krumpflinge, wir sind alle miteinander verwandt

Ich wohne: Krumpfburg Nr. 22, in der roten Kindergießkanne mit den weißen Punkten (der Skistiefel wär mir lieber)

Alter: weiß ich nicht, aber ich bin der Jüngste der Krumpfling-Sippe

Lieblingsessen: Schimmelpilze mit Semmel-Knödeln

Lieblingsgetränk: frisch gebrühter Krumpftee (am gernsten den aus Albis Schimpfwörtern)

Was mir gar nicht schmeckt: lol-Brause, bäh, da muss ich pupsen

Meine Hobbys: andere ärgern (aber so, dass sie nicht weinen müssen), schlafen, Teelöffel-Hockey spielen

Was ich einmal werden möchte: Dieb oder Ganove

Wovor ich Angst habe: Hunde und manchmal Oma Krumpfling

Meine besten Freunde: Albert Artich und sonst Keiner

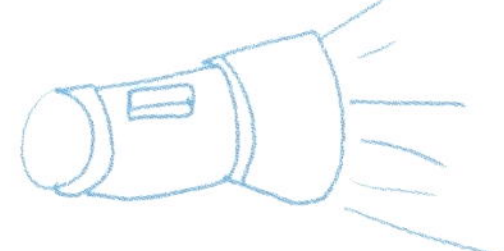

Kapitän Egon

Egon balancierte auf dem Badewannenrand. „Pass auf, dass du nicht reinfällst!“, warnte ihn Albi.
Er zog den linken Schlafanzugärmel hoch und hielt seine Hand unter den Wasserstrahl, um die Temperatur zu prüfen.
„Und wenn schon“, versuchte Egon seinen Freund zu beruhigen und machte dabei eine waghalsige Drehung auf einem Bein. „Krumpflinge können schwimmen wie Korken. Kannst du jetzt endlich das Schiff ins Wasser lassen? Krumpfkapitän Egon will ablegen!“
„Nun hetz mich doch nicht so!“
Albi drehte den Hahn zu und trocknete die Hände ab. Dann hob er vorsichtig das neue Segelboot aus der Schachtel. Er hatte mit seinem Papa viele Wochenenden daran gearbeitet. Der tan-

nengrüne Lack glänzte wunderschön im Licht der Badezimmerlampe. Auf die Seite hatte Albi in Schönschrift den Namen geschrieben und daneben ein hellgrünes Herz gemalt. Er drehte das Segelboot so, dass Egon die Überraschung sehen konnte.

„Schau, wie ich es getauft habe!"

„H E R Z C H E N F L E C K", buchstabierte Egon, „Herzchenfleck. Oh. Du hast dein Schiff nach dem Fleck in meinem Fell genannt?"

Albi lächelte ihn an. „Genau. Weil du mein bester Freund bist. Und weil ich deinen Herzchenfleck so wunderschön finde."

Das grüne Fell um Egons Schnauze färbte sich himmelblau, so glücklich fühlte er sich. Seitdem er sich mit Albert Artich angefreundet hatte[1], war es, als würde sein Leben immer nach frischgerösteten Semmelknödeln schmecken. Es machte ihm fast nichts mehr aus, wenn er von seinen Klassenkameraden geärgert wurde oder

---

1 Wie die beiden sich kennengelernt haben, kannst du in „Egon zieht ein!" (Band 1) nachlesen

Oma Krumpfling ihn ausschimpfte. Wann immer er konnte, schlich sich Egon heimlich aus der Krumpfburg im Keller der Villa Artich nach oben, um Albi zu besuchen.
Natürlich durften die anderen Krumpflinge genauso wenig von dieser Freundschaft wissen, wie Albis Eltern. Nur Lulu, das Nachbarmädchen, hatte Egon auch schon kennengelernt. Und natürlich hatte sie den kleinen Kerl mit dem grünen Wuschelfell sofort ins Herz geschlossen!

Egon beobachtete ungeduldig, wie Albi das Schiff in die Wanne setzte. Da konnte er sich nicht mehr zurückhalten und sprang mit einem Satz aufs Deck. Die „Herzchenfleck" schwankte heftig, aber trug Egons Gewicht.

„Schau, damit kannst du lenken." Albi erklärte Egon die Steuerpinne. Und dann versetzte er der „Herzchenfleck" einen sanften Schubs. Ab und zu pustete er kräftig in das Segel.

Egon plusterte sich stolz auf und gab Befehle an eine ausgedachte Mannschaft.

„Backbrot, Streubrot, alle Mann an die Vanilleschoten!"

Er riss das Steuerruder herum, um die „Herzchenfleck" zu wenden. Es funktionierte!

Bald schon war er geschickt wie ein echter Kapitän und sang glücklich vor sich hin: „Ein kleiner

grüner Krumpfling segelt auf dem Meer. Er frisst so gerne Schimmelpilz und Krumpftee mag er sehr ..."

Albi hätte seinem Freund noch stundenlang zusehen können. Aber es war schon sieben Uhr abends und seine Mutter würde ihn sicher gleich ins Bett schicken. Vorher musste er noch Zähne putzen und, das war ganz wichtig, eine ordentliche Portion Schimpfwörter in den Abfluss rufen.

Im Keller sammelte Oma Krumpfling die Worte ein, die aus dem großen Duschkopf kamen, trocknete sie und stampfte Teekrümel daraus. Diese wurden zu Krumpftee aufgebrüht. Eine echte Leckerei für alle Krumpflinge!

Seitdem es dank Albi ausreichend Schimpfwörter gab, bekam sogar Egon täglich einen Eierbecher voll Tee zugeteilt.

Albi spuckte die schäumende Zahnpasta ins Waschbecken und legte los:

„Zwiebelzecke. Zu Brei verweste Bratwurst!"

„Hihihi." Egon begann, vom Boot herüberzukichern. „Weiter so, haha", forderte er Albi auf.

„Das gibt leckerköstlichen Tee!“

„Schmieriger Schleimzinken!“, rief Albi.

Egon gluckste lauter. „Ich lach mir noch Kringellocken! Hihi haha!“

Er hielt sich den Bauch und trommelte mit den Füßen auf die Planken. Die „Herzchenfleck“ fing an, zu schaukeln.

Angestachelt durch das Lob, setzte Albi noch eins darauf: „Kuheutergelbes Kaugummigesicht!“

„Hahahaha. Ich krieg gleich Bauchweh vor Lachen. Aufhören, Albi! Hihi ...“

Prustend wälzte sich Egon hin und her. Die „Herzchenfleck“ wackelte wild unter ihm. Egon begann zu rutschen. Das Segelboot bekam Seitenlage. Und ehe Albi eingreifen konnte, kenterte es.

„Hahaha-UAAAH!“ Mit einem Aufschrei verschwand Egon im schaumigen Badewasser.

Rosalie sieht einen Außerirdischen

„Egon?“ Albi starrte auf den Schaum in der Badewanne. Doch nichts rührte sich.
„Egon, alles klar?“, fragte er noch einmal lauter. Egon hatte doch behauptet, dass Krumpflinge gut schwimmen können. Warum tauchte er dann so lange nicht auf? Langsam wurde es Albi unheimlich. Er wusste, dass Egon ziemlich lange die Luft anhalten konnte. Aber so lange? Mit beiden Händen fing Albi an, im Wasser nach Egon zu tasten.
„Komm raus, Egon!“, rief er, als er seinen Freund nicht zu fassen bekam.
Um besser nach Egon fischen zu können, kletterte er schließlich selbst in die Wanne.
Plötzlich kicherte es neben seinem Ohr.
„Gehst du immer im Pyjama baden?“, fragte Egon.
Unschuldig hockte er zwischen Duschgel und

Haarshampoo. Nach seinem Tauchgang war er unbemerkt durch den Schaum auf den hinteren Wannenrand gekrochen.
„Mensch, Egon. Ich dachte, du ertrinkst!“, rief Albi erleichtert. „Mit so was macht man keinen Spaß!“
Egon tat es sofort furchtbar leid, dass sich sein Freund Sorgen um ihn gemacht hatte. Für einen Krumpfling war er wirklich sehr mitfühlend! Mit hängenden Öhrchen entschuldigte er sich kleinlaut.
„Ich dachte, du weißt, dass mein Rekord im Luftanhalten bei zehn Minuten und 12 Sekunden liegt! Willst du es mit der Stoppuhr nachmessen?“
„Heute ist es zu spät. Aber das probieren wir gleich morgen Nachmittag!“, schlug Albi vor.
„Du kommst doch morgen?“
Egon schüttelte den Kopf.
„Morgen kann ich nicht. Wir haben Wandertag. Unsere Klasse macht einen tollen Ausflug mit Professor Honigschwamm.“
Albi sah ein, dass das wichtiger war. Dann fragte er neugierig: „Wohin soll’s denn gehen?“

„Das verrät Professor Honigschwamm niemalsnicht vorher. Aber er denkt sich immer krumpflingsgeniale Ziele aus!“
Egon wollte gerade erzählen, was sich sein Lehrer im letzten Schuljahr überlegt hatte, da ging plötzlich die Tür auf, und Albis Mutter rauschte ins Badezimmer! Weder Egon noch Albi hatten ihre Schritte auf dem Flur gehört.
„Albert!“, rief Rosalie Artich entsetzt. „Du solltest seit einer Viertelstunde im Bett sein! Und wieso stehst du im Schlafanzug im Badewasser?“
„Ich, äh, also weil ...“, stammelte Albi verlegen.

Inzwischen versuchte Egon, sich lautlos hinter die Shampooflasche zu schieben. Dabei stieß er mit seinem Kugelbauch gegen das Duschgel. Das kippte um, brachte auch das Haarshampoo zum Kippen und mit einem Platsch fielen beide Flaschen ins Wasser.
Frau Artich starrte auf den Badewannenrand, wo sich Egon verzweifelt gegen die Kacheln drückte. Aber da gab es nichts mehr, hinter dem er sich hätte verstecken können! In seiner Not sprang er mit einem riesigen Hopser geradewegs auf Albis Mutter zu, denn genau hinter ihr lag die offene Badezimmertür, durch die er so schnell wie möglich hinauswollte. Er prallte gegen ihren Busen, plumpste von dort auf den Boden und wuselte schnell nach draußen.

„Iiihh!“ Kreischend hüpfte jetzt auch Rosalie in die Badewanne und klammerte sich an ihren Sohn. „Bertram, komm schnell!“, rief sie nach Albis Vater.

Kurz darauf stand Herr Artich im Badezimmer und betrachtete verwundert Frau und Sohn, die nun beide bekleidet in der vollen Wanne standen. „Das sieht ja lustig aus. Ist noch ein Plätzchen frei?“, fragte er kichernd. „Ich hol mir nur schnell Mantel und Mütze!“

Doch Rosalie war es wirklich nicht zum Scherzen zumute.

„Ein grünes Monster hat mich angegriffen! Vielleicht ein Außerirdischer! Du musst die Polizei holen, damit sie das Haus durchsucht!“, flehte sie mit zitternder Stimme.

Bertram Artich zog die Augenbrauen zusammen und sah seinen Sohn fragend an.

Albi überlegte fieberhaft, wie er Egon aus der Patsche helfen konnte. Bei einer Hausdurchsuchung würde man sicherlich die Krumpfburg im Keller entdecken. Eine Katastrophe!

„Mama wurde von einer Ratte angefallen“, erklärte er zaghaft. „Ich habe sie vorher schon gesehen. Darum bin ich in die Wanne gesprungen … damit sie mich nicht beißt!“

Es funktionierte: Sein Papa glaubte ihm!

„Das klingt mir nach einer logischen Beweisführung. Diese Schädlinge aus der Familie der Lang-

schwanzmäuse, allgemein Hausratten genannt, gelangen manchmal durch gekippte Kellerfenster in Häuser."

„Aber das Wesen war grün! Ich bin doch nicht farbenblind!", protestierte Rosalie.

„Der Schimmer der grünen Fliesen hat sicher auf das graue Rattenfell reflektiert. Wahrscheinlich ist die Ratte jetzt in den Keller geflüchtet."

Rosalie schüttelte sich so vor Grausen, dass kleine Schaumwölkchen aufwirbelten.

„Eine Ratte, wie ekelhaft! Ein Außerirdischer wäre mir da fast lieber! Was machen wir denn nun?"

„Ganz einfach", antwortete Herr Artich. „Ich bringe morgen nach der Arbeit eine Rattenfalle mit."

„Du hast ja Nerven", widersprach Frau Artich heftig. „Ich kaufe gleich morgen Früh mehrere Fallen! Und die Wanne verlasse ich erst, wenn du die Kellertür verschlossen und alle Wohnräume nach dem Untier abgesucht hast."

Albi atmete auf und angelte nach dem Handtuch. Das war ja gerade noch mal gut gegangen!

Ein verregneter Wandertag

Den Schreck über die Begegnung mit Frau Artich hatte Egon längst vergessen, als er am nächsten Morgen Richtung Schulschachtel wuselte. Seine Vorfreude auf den Schulausflug war zu groß! Noch vor dem Klingeln betrat er das Klassenzimmer. Seine Mitschüler waren auch schon da und wisperten aufgeregt.
Was für ein Überraschungsziel hatte sich Professor Honigschwamm wohl diesmal ausgedacht? Im letzten Jahr waren die Krumpflingschüler in den Garten der Vogelsangs gewandert. Dort sammelte Herr Vogelsang in einer Ecke altes Holz, aus dem er irgendwann mal etwas basteln wollte. Die Krumpflinge hatten großen Spaß daran gehabt, in den morschen Brettern und Ästen herumzuklettern und dabei von den weißen Schimmelpilzen zu naschen. Ob der Ausflug

heute auch so schön werden würde? Noch war von Professor Honigschwamm nichts zu sehen. Egon machte einen kleinen Umweg an der Schachtelwand entlang zu seinem Platz, um nicht von Zwurz gezwickt zu werden. Dann plumpste er auf seinen Hocker, eine leere Tomatenmarkdose.

„Hola, Herzilein Zuckerschwein“, empfing ihn sein Banknachbar Wobbel schmatzend und biss kräftig in einen vergammelten Zitronenschnitz. Dabei spritzte eine Ladung Zitronensaft genau in Egons Glupschaugen. Autschki! Das brannte! Die Zwillinge Zara und Zwurz in der Reihe hinter ihnen gackerten los. Doch plötzlich verstummte der Lärm. Durch seine tränenden Augen sah Egon verschwommen, dass Professor Honigschwamm die Schulschachtel betreten hatte.

„Schlechten Morgen allesamt!“, begrüßte er die Klasse. Weil sich Krumpflinge möglichst unartig benehmen sollen, grüßte keiner zurück.
Der Lehrer fuhr fort: „Heute ist unser Wandertag, wie ihr wisst, unser Wander ...“
„Wohin wandern wir?“, plärrte Fieselise, ein Krumpflingsmädchen mit drei abstehenden Zöpfen, dazwischen.
„Sehr schön, Fieselise, du wirst immer besser im Reinbrüllen, immer besser“, lobte sie Professor Honigschwamm. „Aber jetzt halt gefälligst dein Froschmaul.“
Er zwirbelte sich die Bartspitzen und blickte ernst über seine Brille. „Ich habe leider eine schlechte Nachricht für euch. Schlechte Nachricht.“
Der schleimige Schorschi begann, lauthals zu wimmern.
„Ist Oma Krumpfling etwas passiert?“, heulte er. Schorschi war nämlich Oma Krumpflings Liebling. Professor Honigschwamm verneinte.
„Iwo. Die Alte ist fit wie ein Trampolin. Es geht um unseren Wandertag! Unsere Wetterkröte ist heute

im Bett geblieben. Wer weiß, was das bedeutet?" Fragend sah er in die Runde.

„Das heißt, dass es draußen regnet!", kreischte Panko, sogar etwas schneller als Schorschi.

„Richtig. Und deswegen fällt unser Wandertag aus und wir schreiben stattdessen eine Probe über alle 101 Krumpflingsregeln. Alle 101."

Ein Entsetzensschrei hallte durch die Klasse. Fieselise begann zu weinen.

„Aber ich kann nur die ersten zweieinhalb Regeln", jammerte sie.

Schorschi kramte bereits eifrig einen Bleistiftstummel unter der Bank hervor. Egon wurde es

flau im Magen. Wie war das noch mit den Regeln gewesen? Vor lauter Schreck fiel ihm nicht einmal mehr die Regel Nr. Wichtiger-als-eins ein. Lautete sie „Oma Krumpfling hat immer recht"? Oder „Omas Schlaf ist heilig"?

Über Professor Honigschwamms ernstes Gesicht zog sich plötzlich ein breites Grinsen. Dann prustete er los.

„Hahaha! Hohoho! Ha!" Er schüttelte sich so vor Lachen, dass ihm die Brille halb von der Schnauze rutschte. „Reingelegt! Was seid ihr doch für Dummknödel, seid ihr!", brüllte er. „Bei Regen fällt der Wandertag natürlich nicht aus."

Egon war ganz verwirrt. Durfte er also doch auf einen schönen Ausflug hoffen?

„Wir machen sogar etwas ganz Besonderes, etwas ganz Besonderes", erklärte der Lehrer.

Alle hielten vor Anspannung die Luft an. Selbst Wobbel vergaß für einen Augenblick seine Zitrone.

„Ihr dürft mit mir zum Regenrohrrutschen gehen! Zum ...", verkündete Professor Honigschwamm.

Das Begeisterungskreischen der Krumpfling-schüler übertönte seine letzten Worte.
„Regenrohrrutschen …“, flüsterte Egon selig. Das war ja noch großartiger als Krumpfling-Wein-Nacht, Schlüpftag und Ostereiersuchen zusammen!

Wobbel fasst in die Falle

„Also stellt euch auf wie die Orgelpfeifen, stellt euch auf“, befahl der Lehrer. „Und folgt mir! Wer Quallenquatsch macht, wird nach Hause geschickt!“

Ächzend hievte er sich den Proviant auf den Rücken. Er hatte eigenpfotig für den Wandertag zwei Trageriemen an eine alte Heftpflaster-schachtel genäht und diese mit feinen Leckereien gefüllt.

Die Krumpflinge sortierten sich der Größe nach. Dass Egon als Kleinster ganz zum Schluss hinter Fieselise gehen musste, fand er nicht schlimm. So konnte ihn wenigstens keiner in den Popo kneifen oder heimlich Aufkleber auf den Pelz pappen!

Nachdem der Professor seine Krumpflingschüler durchgezählt hatte, setzte sich die Klasse in

Bewegung. Einer nach dem anderen schlüpfte hinter dem Lehrer durch das alte Ofenrohr aus der Krumpfburg. Dann kletterten sie durch den staubigen Kohlenkeller zur Treppe und begannen hintereinander hinaufzuhopsen. Durch den Spalt unter der Kellertür schimmerte schon Tageslicht. Nur noch eine Stufe, dann stand der gefährlichste Teil der Wanderung bevor – der Wohnbereich der Artichs!

Egon hatte gerade zum Sprung angesetzt, als Fieselise vor ihm unerwartet stoppte. Er knallte mit Schwung auf sie. Fieselise purzelte in Panko, der fiel in Kniff, der stieß Zara und Zwurz um, die weich in Wobbel landeten. Allerdings begrub Wobbel Adelheid, Lutschki und Glupschinella unter sich. Einzig Schorschi hatte sich rechtzeitig

in Sicherheit gebracht und hinter Professor Honigschwamm versteckt. Der stemmte mit aller Kraft den Bauch gegen den wankenden Schülerhaufen. Während er dann die Krumpflinge auseinanderklaubte und nebeneinander auf die Stufe setzte, schimpfte er Egon: „Zum Blödbrotkrümel, kannst du nicht aufpassen, kannst du nicht? Wegen dir sind alle umgefallen wie die Dominosteine. Und ich wäre beinahe in die Falle gestoßen worden. In die Falle."

Mit der Zeigekralle deutete er auf einen gefährlich glänzenden Käfig aus Gitterblech. Dieser stand seitlich am Rand der obersten Kellerstufe. Die vordere Klappe der Rattenfalle war weit geöffnet. In ihrem Inneren lockte ein köstliches

Stück Blauschimmelkäse. Jetzt verstand Egon, warum alle so plötzlich angehalten hatten!

„Njam! Lecker Schimmelkäse!“ Wobbel rappelte sich auf, krabbelte asselschnell in die Falle und grapschte mit der Pfote nach dem Käsestück.

Im letzten Moment bevor er es erreichte, gelang es Professor Honigschwamm, ihn an einem Bein zu packen und wieder herauszuzerren.

„Du verfressener Naschnarr!“, schrie er Wobbel an. Auf seiner Schnauze bildeten sich Schweißperlen, so sehr hatte er sich erschreckt.

„Wenn du die Leckereien berührst, schnappt die Falle zu. Die Falle.“

„Und kein Krumpfling kann eine Rattenfalle öffnen, gell, Herr Professor?“, ergänzte der schleimige Schorschi eifrig. „Das haben wir in Gefahrenkunde gelernt, als wir die Krumpflingsregel Nr. 5 durchgenommen haben. Ratten- und Mäusefallen sind großräumig zu meiden.“ Dann stellte er zufrieden fest: „Jetzt werden Wobbel und Egon nach Hause geschickt, weil sie Quatsch gemacht haben, gell?“

Egon wurde gelb vor Schreck. Und Wobbel begann zu heulen. „Aber ich habe mich doch schon so aufs Picknick gefreut!“, jammerte er. „Und ich habe Fieselise nur aus Versehen gerempelt“, entschuldigte sich Egon kleinlaut.
Professor Honigschwamm schüttelte verzweifelt den Kopf.
„Grundgütiger Krumpfling! Wie soll aus dir jemals ein vernünftiger Krumpfling werden, Egon? Denn wärst du einer, hättest du es wenigstens absichtlich getan. Wenigstens absichtlich.“
Zu Schorschis Verdruss schickte Professor Honigschwamm Wobbel und Egon nicht zurück.
„Nun gut, dann will ich mal Gnade vor Recht walten lassen, Gnade. Ihr dürft bei uns bleiben“, entschied der Lehrer.
In Wirklichkeit wollte er jetzt keine Schüler bestrafen, sondern möglichst schnell das Picknick genießen. Denn sein Magen knurrte bereits und Durst auf eine heiße Tasse Krumpftee hatte er auch.

Picknick im Wäschekorb

An diesem Vormittag saß Rosalie Artich zu Hause vor dem Computer. Sie suchte im Internet nach weiteren Methoden zur Rattenbekämpfung. Darum bemerkte sie die 12 grünen Fellbällchen nicht, die hintereinander durch die Diele wuselten. So gelangte die Klasse ohne weitere Zwischenfälle bis ins Obergeschoss. Hier brachte Professor Honigschwamm den Krumpflingschülern auch gleich bei, wie man Türen öffnet: Mit einem gezielten Satz sprang er auf die Türklinke und drückte sie dabei mit seinem ganzen Gewicht nach unten. Noch die steile Holzstiege hinauf – und endlich waren die Krumpflinge auf dem Speicher angekommen.

„Sooo viele Stufen. Ich kann nicht mehr!", jammerte Wobbel erschöpft.
Auf dem Speicher der Villa Artich gab es längst nicht so viel Verhau wie im Keller der Krumpflinge. Bertram hatte einige Aktenordner untergebracht, Albi durfte sein Zelt dort aufbewahren und Rosalie nutzte den Raum, um, an Regentagen wie diesem, die Wäsche zu trocknen. Zwischen zwei Holzstützen hatte sie eine Leine aufgespannt, an denen zahlreiche Socken baumelten. Und darunter stand der Wäschekorb, der mit bereits trockener Wäsche gefüllt war. Der perfekte Platz für ein Picknick! Auf einem wiesengrünen Badvorleger richtete Professor Honigschwamm mit Schorschis Hilfe Knollenblätterpilzrouladen, Fliegenpilzspießchen und eine Paste aus abgelaufenem Joghurt an. Dazu gab es verschimmeltes Brot und gammelige Trauben. In einer Warmhaltekanne hatte der Professor für alle ausreichend Krumpftee dabei. Jeder bekam einen eigenen Strohhalm und durfte trinken, so viel er wollte – sogar Egon!

Vor lauter Schmatzen und Schlabbern kamen die Krumpflinge gar nicht dazu, sich gegenseitig zu ärgern. Und zur Nachspeise schenkte Professor Honigschwamm jedem Schüler ein Tütchen Trockenhefe. Die bitzelte auf den Krumpflingzungen wie Brausepulver. Was für ein herrlicher Ausflug! Aber das Wunderbeste stand ja noch bevor!

Ein Riesen-Rutschvergnügen!

Im Pfotenumdrehen war das Picknick bis auf den letzten Pilzkrümel verputzt. Jetzt begann der tollste Teil des Ausflugs: das Regenrohrrutschen! Egons Bauch kribbelte vor lauter Vorfreude. Er selbst war bisher noch nie gerutscht, wusste aber, dass mancher Krumpfling seine Schopfhaare für eine einzige Rutschpartie geben würde. Oma Krumpfling öffnete die Rutsche nur zu besonderen Anlässen. Das Regenrohr der Villa Artich führte von der Dachrinne außen an der Hauswand hinunter und verschwand neben der Regentonne im Boden. Oberhalb der Tonne gab es eine Klappe, die manchmal geöffnet wurde, um das Regenwasser in die Tonne zu leiten. Herr Artich goss mit diesem Wasser seine Blumen. Doch meistens war die Klappe zu. Dann floss das Wasser im Rohr unter die Erde,

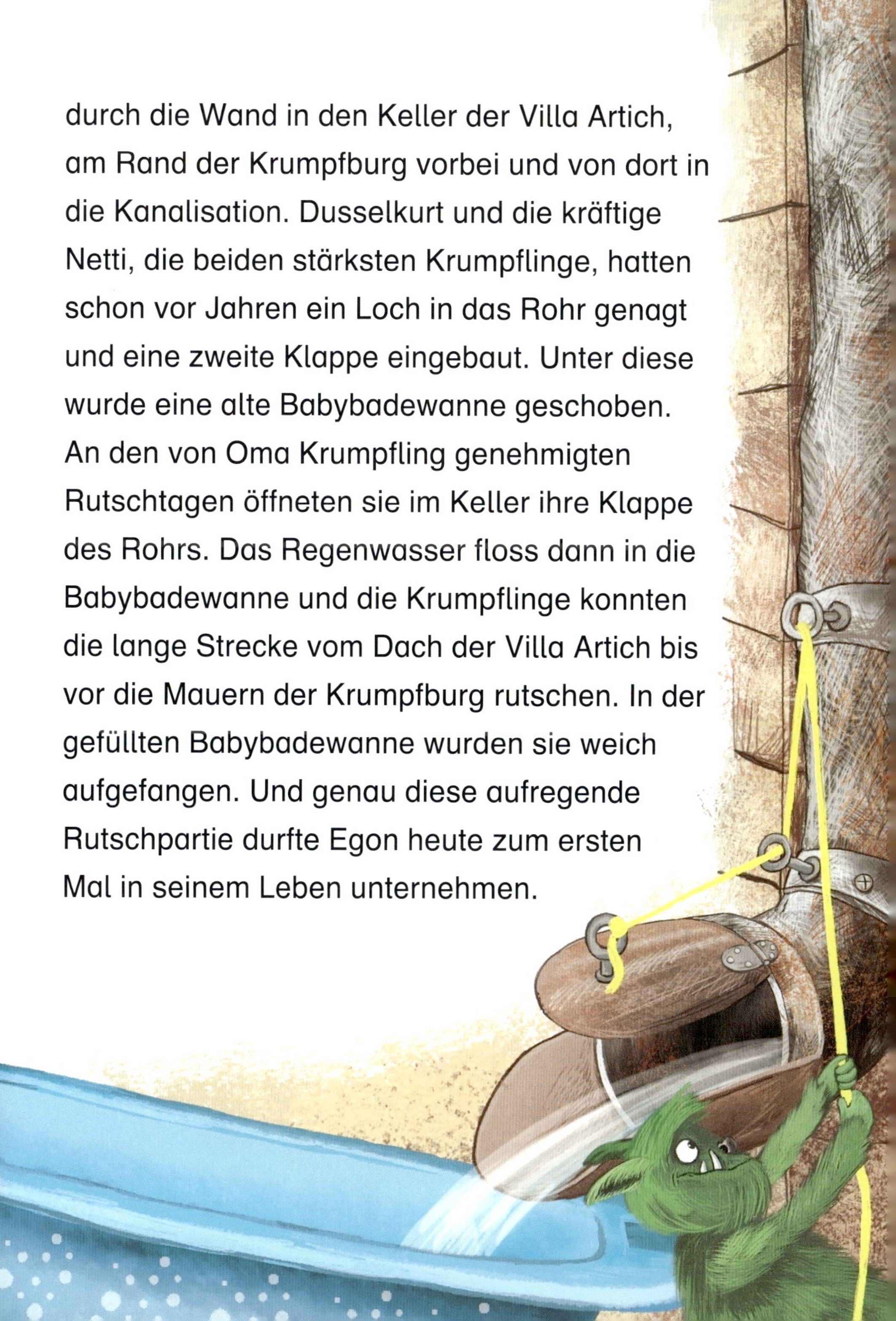

durch die Wand in den Keller der Villa Artich, am Rand der Krumpfburg vorbei und von dort in die Kanalisation. Dusselkurt und die kräftige Netti, die beiden stärksten Krumpflinge, hatten schon vor Jahren ein Loch in das Rohr genagt und eine zweite Klappe eingebaut. Unter diese wurde eine alte Babybadewanne geschoben. An den von Oma Krumpfling genehmigten Rutschtagen öffneten sie im Keller ihre Klappe des Rohrs. Das Regenwasser floss dann in die Babybadewanne und die Krumpflinge konnten die lange Strecke vom Dach der Villa Artich bis vor die Mauern der Krumpfburg rutschen. In der gefüllten Babybadewanne wurden sie weich aufgefangen. Und genau diese aufregende Rutschpartie durfte Egon heute zum ersten Mal in seinem Leben unternehmen.

Professor Honigschwamm kratzte sich die Brotkrumen aus dem Bart, trommelte seine Schüler zusammen und kletterte mit ihnen über die Dachsparren zur Dachluke. Das Fenster stand wegen der Wäsche einen Spalt offen. Wie die Hühner reihten sich alle nebeneinander auf dem Sims.

Unter ihren Füßen prasselte der Regen auf die Dachziegel. Der Lehrer gab die letzten Anweisungen: „Wir rutschen ausschließlich auf dem Popo, ausschließlich. Und

jeder einzeln. Ich rutsche voraus. Dann geht es dem Alphabet nach, dem Alphabet. Wenn ich nicht mehr zu sehen bin, ist Adelheid dran. Als nächster Egon. Danach Fieselise und so weiter. Zuletzt Zara und Zwurz. Nach der Landung wird die Babywanne umgehend für den Nächsten geräumt, damit es keinen Unfall gibt. Klaro?"
Die Krumpflinge nickten andächtig. Vor ihren Glupschaugen schwang sich Professor Honigschwamm von der Dachlukenkante, ließ sich in die Dachrinne fallen und brauste davon. Als sie ihn nicht mehr sehen konnten, folgte ihm Adelheid. Nun war auch schon Egon an der Reihe. Er wartete, bis Adelheid außer Sicht war, und wollte sich gerade vorsichtig vom Rahmen gleiten lassen, da bekam er einen kräftigen Stoß von hinten. Egon verlor das Gleichgewicht, kippte nach vorne und schlidderte mit dem Kopf zuerst bäuchlings in die Dachrinne. Zwurz hatte ihn heimtückisch geschubst.
„Gute Reise, Herzerlschreck Krumpfdumpffleck!", rief er ihm hinterher.

So eine Gemeinheit! Im rasenden Tempo knallte Egon mit der Schnauze gegen das Kupferblech, überschlug sich beinahe, platschte aber dann zurück auf den Bauch und rutschte eine Steilkurve nach links. Weil die Regenrinne über eine längere Strecke nur wenig Gefälle hatte, verlangsamte sich jetzt die Geschwindigkeit ein wenig. Trotzdem versuchte Egon vergeblich, die Füße nach vorne zu bringen und sich zum Sitzen aufzurichten. Denn schon kam die nächste Steilkurve. Aua! Der Krumpfling sah nun aus den Augenwinkeln über sich die Zweige der großen Esche, die neben der Terrasse wuchs. Noch ein letztes Mal versuchte er vergeblich sich hinzusetzen. Da öffnete sich vor ihm das Loch des Regenrohrs.

„Oohhuuuohhhhlala“, hauchte Egon und fiel kopfüber in bodenlose Dunkelheit. Im freien Fall ging es nach unten. Egons Löffelöhrchen flatterten im Flugwind. Er fühlte sich wie ein Fallschirmspringer ohne Fallschirm in einer mondlosen Nacht. Bald wusste er nicht mehr, wo oben und unten war. Bevor er entscheiden konnte, ob dies ein krumpflingsfieses oder doch einzigartiges Gefühl war, wurde er abrupt abgebremst. Für einen Moment konnte Egon die erwartungsvollen Gesichter von Professor Honigschwamm und Adelheid erkennen. Dann sah er nur noch Wasser.

Zwei Krumpflinge verschwinden

So schnell Egon konnte, tauchte er auf und stemmte sich über den Rand der Babywanne. „Nicht trödeln, Egon, sonst fliegt dir Fieselise auf den Detz!“, trieb er sich selbst zur Eile an. Ihm war zwar ganz schwindelig von der wilden Rutschpartie, aber eines hatte er sich gemerkt: Gleich würde der nächste Krumpfling hinter ihm aus dem Rohr schießen!

„Sauerbierschaumundschafschmand!“, schimpfte ihn Professor Honigschwamm zur Begrüßung. „Popo zuerst, habe ich gesagt. Popo! Diese Rutsche ist nicht ungefährlich. Du hättest dir den Kragen prellen können. Den Kragen.“

Trotzdem reichte er Egon einen Waschlappen zum Abtrocknen.
Einer nach dem anderen kamen nun in regelmäßigen Abständen die Schüler die Rutsche hinuntergesaust und landeten juchzend in der Wanne: Fieselise, Glupschinella und dann Schorschi. Er hatte darauf bestanden, vor Kniff zu rutschen. Seinen Taufnamen Hans-Georg schrieb man schließlich mit H. Dann folgten Panko und mit kurzer Verspätung … Wobbel. Danach rann nur noch Wasser aus dem Rohr.
„Zara lässt sich aber viel Zeit", lispelte Lutschki nach ein paar Minuten.
Professor Honigschwamm und seine Schüler starrten erwartungsvoll auf die dunkle Öffnung. Von Zara war immer noch nichts zu sehen.
„Vielleicht ist sie stecken geblieben", überlegte Glupschinella.
„Aber Wobbel hat doch auch durchs Rohr gepasst", widersprach Fieselise. Gleich darauf schrie sie: „Aua!"
Wobbel war ihr beleidigt auf die Zehenkrallen

ihres rechten Fußes getreten. Professor Honigschwamm zwirbelte nervös seine Bartspitzen. Schorschi zupfte eifrig am Bademantel des Lehrers.
„Bestimmt machen die beiden noch Blödsinn auf dem Dach, gell?“
„Hm. Möglicherweise ein dummer Krumpflingscherz von den Zwillingen“, überlegte Professor Honigschwamm laut. Er kletterte zur Ausgangsklappe der Rutsche, steckte den Kopf ins Rohr und brüllte, so laut er konnte: „Heda, ihr beiden! Ihr rutscht jetzt sofort. Rutscht jetzt!“
Dann brachte er sich schnell in Sicherheit. Aber es passierte immer noch nichts. Nicht einmal die Krallenspitze eines Krumpflings war zu sehen. Und nicht das leiseste Krumpflingskichern war aus dem Rohr zu hören. Weitere Minuten verstrichen. Vom Turm der Krumpfburg tönte das helle Bimmelimm der Nickerchen-Glocke herüber. Demnach war es halb zwei. Normalerweise zogen sich dann alle Krumpflinge zu einem Mittagsschlaf zurück.

Plötzlich stampfte Professor Honigschwamm ärgerlich mit dem Fuß auf den Boden und schulterte seinen Rucksack. Das Fell um seine Schnauze war apfelsinenorange vor Zorn. „So ein Unfugkrumpfmisthaufen! Ich muss wohl noch mal rauf und die beiden Krawallkasper persönlich vom Dach holen. Persönlich. Die können was erleben! Das gibt mindestens einen Monat Krumpfteeverbot. Einen Monat!“ Er blickte drohend in die Runde. „Und ihr wartet hier auf mich und seid kellerasselleise. Hans-Georg ist, bis ich wiederkomme, der Aufpasser. Bis ich wiederkomme.“ Mit diesen Worten trabte er wutschnaubend davon.

Die Krumpflingsschüler standen steinstill. So sauer hatten sie ihren Lehrer noch nie erlebt. Keiner traute sich, etwas zu sagen. Alle starrten gebannt auf das Ende der Regenrohrrutsche und warteten auf Professor Honigschwamm und die Zwillinge … Sie warteten … und warteten. Für Krumpflinge warteten sie ziemlich lange ziemlich brav.

Nach einer Dreiviertelstunde wurde es Kniff langweilig. Er zog Lutschki am Löffelöhrchen. Die rupfte ihm dafür ein dickes Haarbüschel aus dem Schopf.

Schorschi schimpfte: „Hört sofort auf!"

Lutschki und Kniff fingen an zu raufen.

„Das dürft ihr nicht, gell!", rief Schorschi. „Ich sag das dem Professor Honigschwamm!"

„Wurmlochkletze Krumpflingspetze!", blökte Kniff, und Lutschki riss weiter an dessen Pelz.

Verzweifelt sah sich Schorschi um. Tränen stiegen ihm in die Augen. Der Professor war schon so lange weg. Die Nickerchen-Glocke schlug nun zweimal. Bimmelim, bimmelim! Das bedeutete, dass Oma Krumpflings Mittagsschlaf zu Ende war. Aber das bedeutete auch, dass Professor Honigschwamm vor über einer Stunde losgezogen war, um nach Zara und Zwurz zu sehen! Er hätte längst zurück sein müssen. Jetzt waren schon drei Krumpflinge verschwunden! Schorschi fing an zu heulen.

„Ich will zu Oma Krumpfling!“, greinte er. Dann rannte er einfach los. Und weil die anderen Krumpflinge nicht wussten, was sie sonst tun sollten, rannten sie hinter ihm her bis zu Oma Krumpflings Wohnhandtasche.

Schlechte Nachrichten für Oma Krumpfling

Die Sippenchefin spielte gerade ein Autorenn-Spiel auf ihrem Handy, als sie vor ihrer Handtasche aufgeregtes Gekreische hörte.
„Oma Krumpfling, ein Unglück ist passiert!“
Ächzend zog sie sich über den Handtaschenrand, um nachzusehen, was los war. Da stand ein Haufen Krumpflingsschüler. Alle schrien wild durcheinander. Kein Wort konnte man verstehen.
„Ruhe, zum Krumpfling nochmal!“, brachte Oma Krumpfling alle zum Schweigen. „Und jetzt schnäuz dich, Schorschi, und erzähl mir der Reihe nach, warum ihr nicht mit dem Professor

beim Wandern seid, sondern hier herumspinnt!“, befahl sie streng.
Schorschi wischte seine Schnauze an Adelheids Rückenpelz ab und berichtete, was vorgefallen war.
Als er am Ende angekommen war, schlug Oma Krumpfling entsetzt die Pfoten zusammen.
Die Parfümprobefläschchen, die ihr heute als Lockenwickler dienten, klirrten wie Eiszapfen.
„Grundgütiger Krumpfling“, flüsterte sie. „Wir müssen Katastrophenalarm auslösen.“
Ihr Gesicht leuchtete senfgelb. Die Krumpflinge hatten ihre Sippenchefin selten so bestürzt gesehen. Schwerfällig kletterte sie ganz auf den Rand der Handtasche und läutete eine Minute lang ununterbrochen die Fahrradklingel, die dort angebracht war.
Jeder Krumpfling kannte das Signal. Nach wenigen Sekunden hatten sich alle auf dem Hauptplatz zur großen Krisensitzung versammelt.
Die verbliebenen 46 Sippenmitglieder starrten sorgenvoll zu ihrer Chefin hinauf.

„Krumpflinge“, begann Oma Krumpfling, „ich muss euch etwas sehr Trauriges mitteilen. Drei Mitglieder unserer Familie sind in der Menschenwelt verloren gegangen. Und zwar unser hochverehrter Professor Honigschwamm und Zwarz und, äh ... Zura oder Zaru ... also halt zwei seiner Schüler.“

Einige Krumpflinge fingen an, laut zu jammern.

„Pscht. Reißt euch zusammen!“, schnauzte die Sippenchefin. „Ihr könnt immer noch heulen, wenn wir wissen, was genau mit ihnen geschehen ist.“

„Vielleicht haben sie sich verirrt?“, fragte Dusselkurt, der Müllmann der Krumpflinge.

Oma Krumpfling winkte ab. „So dumm wärst nur du.“

„Bestimmt hat der wurstförmige Hund von nebenan sie gefressen!", rief die kräftige Netti.
„Möglich", bestätigte Oma Krumpfling. „Aber nicht sehr wahrscheinlich. Das Vieh kommt nicht durch den Zaun."
„Oder die Mampflinge haben sie entführt und halten sie nun in einem Verlies gefangen!", überlegte die Bibliothekarin Fräulein Glemmer, die gerne Abenteuerromane las. Oma Krumpfling zuckte kurz mit den Löffelohren.
„Ich glaube nicht", sagte sie, „dass die Mampflinge so einen Krampf machen würden."
Die Mampflinge waren entfernte Verwandte der Krumpflinge. Sie hatten blaues Fell und lebten in der Kanalisation. In der Villa Artich hatten sie sich aber noch nie blicken lassen.
„Eh, eh!" Schorschi meldete sich wie wild. Nun platzte er heraus: „Mir ist was eingefallen. Ich glaube, ich weiß, was passiert ist!"
Oma Krumpfling gab ihm ein Zeichen, weiterzusprechen.
„Auf der Kellertreppe steht neuerdings eine

Rattenfalle. Wir haben sie alle gesehen, gell. Das wird aber nicht die einzige Falle im Haus sein! Sicherlich sind die Zwillinge und ...“, seine Stimme wurde jetzt wieder ganz weinerlich, „und unser fieserlieber Professor Honigschwamm in eine Falle getappt.“

Betroffenes Schweigen breitete sich über den Hauptplatz aus. Das klang in der Tat sehr wahrscheinlich. Selbst Oma Krumpfling raufte sich vor Schreck die Lockenwickler.
Schorschi gefiel die Aufmerksamkeit, die sich ganz auf ihn richtete. Er strich sich den Seitenscheitel glatt und fuhr fort: „Und ich weiß übrigens auch, wer Schuld an all dem Unglück ist, gell!“ Triumphierend sah er sich um und streckte die Zeigekralle aus. „Ich habe ihn schon öfter heimlich beobachtet. Schuld ist derjenige, der fast jeden Tag zu dem Menschenjungen schleicht. Derjenige, wegen dem Frau Artich glaubt, es gäbe Ratten im Haus.“ Er deutete langsam über die Krumpflinge hinweg. „Schuld an dieser krumpfschlimmen Katastrophe ist einzig und allein ...“ Seine Pfote hielt vor dem kleinsten der Krumpflinge an. „Egon Krumpfling!“

Egon schämt sich

Der arme Egon! Schorschi hatte schnell die restlichen Krumpflinge davon überzeugt, dass der kleinste Krumpfling mit dem Herzchenfleck für das ganze Unglück verantwortlich sei.
Egon musste vor Oma Krumpfling treten. Alle pfiffen durch die Zähne und schrien „Buh“ und „Pfui Krumpfling“ und „Schäm dich!“
„Aber … aber ich ...“, stotterte Egon und verstummte dann.
Denn ganz ehrlich – ein bisschen recht hatte der schleimige Schorschi schon. Er war doch Frau Artich am Vortag im Badezimmer beinahe in den Ausschnitt gesprungen. Und heute hatte sie Fallen aufgestellt!
Oma Krumpfling musterte ihn mit zusammengekniffenen Augen.
„Tz, tz, tz, tz, tz. So wie es aussieht, spricht Hans-

Georg die Wahrheit. Du hast eine der schlimmsten Katastrophen in der Geschichte der Krumpflinge ausgelöst. Jeder weiß, dass noch kein Krumpfling je lebendig aus einer Rattenfalle herausgekommen ist! Möchtest du etwas zu deiner Verteidigung sagen, du Pechwurm?“, fragte sie.
Egon schüttelte den Kugelkopf. Dicke Tränen rollten über seine Backen.
Da verkündete die Chefin der Krumpflingsippe ihren Beschluss: „Hört her! Ab sofort gilt eine Ausgangssperre! Alle Krumpflinge bleiben in ihren Höhlen. Der Krumpflingsrat wird sich zu einer Krisensitzung ins Gasthaus ‚Zur schimmeligen Morchel‘ zurückziehen. Möglicherweise hat Professor Honigschwamm eine Idee.“
„Aber der ist doch in der Falle, gell“, quatschte Schorschi dazwischen.

Oma Krumpfling kratzte sich den Bauch unter ihrer geblümten Kittelschürze.
„Äh, stimmt. Gut mitgedacht, Hans-Georg. Also müssen wir ohne unseren Professor auf eine Lösung kommen. Das wird schwierig. Aber wir werden es versuchen. Und du …“ Sie funkelte Egon böse an. „Du Unglücksmolch wirst währenddessen zur Strafe mit einem Wattestäbchen meine Wohnhandtasche polieren, bis sie so glänzt, dass ich mich darin spiegeln kann.“
Sie klingelte einmal kurz mit der Fahrradklingel. Das war das Zeichen, dass die Versammlung beendet war. Dann zog Oma Krumpfling ein Wattestäbchen aus dem Reißverschlussfach ihrer Behausung, warf es Egon zu, kletterte ächzend nach unten und marschierte mit einer kleinen Gruppe älterer Krumpflinge Richtung Wirtshaus. Die restlichen Krumpflinge zogen sich murrend in ihre Höhlen zurück.
Egon stand nun ganz allein vor Oma Krumpflings Wohnhandtasche. Sie war so riesig. Es würde ewig dauern, alle Flächen zu polieren.

„Das geschieht dir wirklich recht, Egon“, sagte er zu sich selbst und schniefte. „Bis an dein Krumpflingsende solltest du das machen!“

In kleinen Kreisen schob er das Wattestäbchen über das Leder. Nachdem er auf diese Weise die halbe Vorderseite der Handtasche zum Glänzen gebracht hatte, sah er sich um. Wieso kamen Oma Krumpfling und der Klügstenrat denn nicht zurück? Es war mindestens eine halbe Stunde vergangen, seitdem sie sich in die die „Schimmelige Morchel“ zur Beratung zurückgezogen hatten. Wenn Professor Honigschwamm, Zara und Zwurz wirklich in einer Rattenfalle saßen – dann zählte doch jede Sekunde! Nicht auszudenken, was geschehen würde, wenn

Frau Artich die drei darin entdeckte! Man musste sie so schnell wie möglich befreien. Aber Krumpflinge konnten keine Rattenfallen öffnen.
„Krumpflinge können das nicht ...“, murmelte Egon vor sich hin. „Nur Menschen.“ Plötzlich hatte er einen krumpflingsgenialen Gedanken.
„Du Schlafpudelmütze, Egon! Albi ist doch ein Mensch! Wenn einer helfen kann, dann er!“
Er schleuderte das Wattestäbchen von sich und raste los. Die von Oma Krumpfling verhängte Ausgangssperre konnte er jetzt wirklich nicht befolgen!

Albi tut, was er kann

Weil Albi wusste, dass Egon ihn heute nicht besuchen würde, hatte er Lulu versprochen, gleich nach den Hausaufgaben bei ihr vorbeizuschauen. Aber zum Glück für Egon hatte Frau Brettschneider ihren Schülern heute extra viel aufgegeben. Und zum Glück war Albi ein sehr ordentlicher Schüler. So saß er vor einem Mandala und malte es aus. Eben wollte er die letzten Verzierungen rot färben, als Egon wie eine grüne Silvesterrakete in sein Zimmer geschossen kam.
„Honigratte, Fallenzwurz und Zarastrophe!", schrie der Krumpfling. „Du musst ihnen heeeeelfen!! Schnell! Sonst macht deine Mutter sie alle matschmäusetot!"
Albi kapierte sofort, dass es sich hier um einen echten Notfall handelte. Er stellte Egon die

nötigsten Fragen, um das Vorgefallene zu verstehen. Dann packte er seinen Freund in die Kapuze seines Sweatshirts und rutschte das Treppengeländer hinunter. Genau in diesem Moment trat Frau Artich mit zwei vollen Tüten aus der Küche. Albi landete knapp vor ihren Füßen.
„Albert Artich, wir gehen die Treppen runter und rutschen nicht auf ..."
„Aber Mama, ich hatte plötzlich solche Angst vor der Ratte!", schwindelte Albi. „Hast du schon Fallen aufgestellt?"
Dafür hatte Rosalie sofort Verständnis.
„Natürlich, mein Schatz. Sogar gleich drei Stück."
„Darf ich nachschauen, ob wir die Ratte schon erwischt haben?", fragte Albi nun so unschuldig wie möglich.
Rosalie schüttelte sich vor Grauen. „Wenn du unbedingt möchtest, sieh nach. Die Fallen stehen auf der Kellertreppe, in der Vorratskammer und oben im Bad. Fass nur nichts an. Ratten können beißen. Ich gehe kurz rüber zu den Wertstoff-containern."

Albi hielt seiner Mutter die Haustüre auf und versprach gut aufzupassen. Doch kaum war sie außer Sichtweite, nahm er Egon aus der Kapuze. „Die auf der Kellertreppe kann es nicht sein. An der bin ich gerade vorbeigehopst und da war kein Krumpfling drin“, überlegte Egon laut.
Also sauste Albi zuerst in die Vorratskammer. Zwischen der Kartoffelkiste und dem Topf mit Sauerkraut entdeckte er die zweite Falle. Leer. Egon wollte nebenbei nach einem Austernpilz im Regal angeln, aber Albi packte ihn am Schlawittelfell und rannte weiter ins Bad hinauf.
Frau Artich hatte die dritte Falle hinter das Klo geschoben. Im schummrigen Licht konnte man etwas Grünes durch das Gitter sehen.
„Da sind sie ja!“, rief Egon glücklich.
Doch als Albi nach der Falle griff, schnappte sie mit einem lauten Knall zu. Albi zog sie hervor ... und auch die dritte Falle war leer.
Egon hatte den grünen,

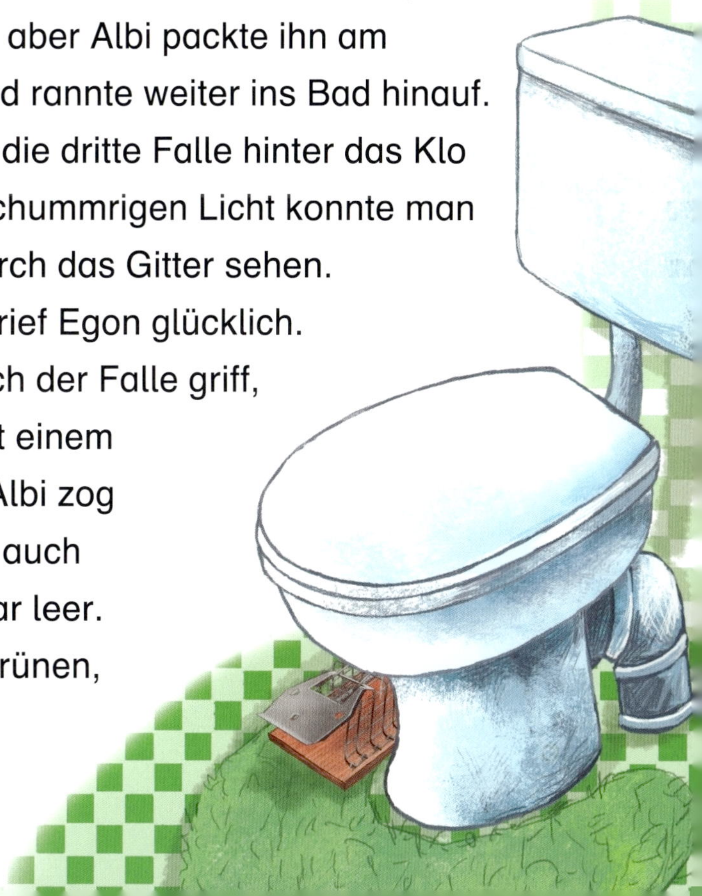

puscheligen Toilettenvorleger versehentlich für Krumpflingspelz gehalten. Vor lauter Enttäuschung stiegen ihm Tränen in die Glupschaugen.

„Sei nicht traurig, Egon. Wir werden deine Kumpels ganz bestimmt finden!“, tröstete Albi seinen kleinen Freund. „Aber zuerst muss ich die Falle wieder aufstellen. Sonst schimpft mich Mama, weil ich sie angefasst habe.“

„Ist das nicht sehr kompliziert?“

„Paprikaquark. Das geht ganz einfach. Schau her!“

Albi zeigte Egon die Feder, die die Metallklappe nach unten drückte.

„Wenn die Ratte an den Käse kommt, schiebt sie dabei die Halterung aus der Öse, verstehst du?“ Mit zwei Handgriffen drückte er die Klappe nach oben und befestigte sie erneut.
„Toll. Könnte das auch ein Krumpfling lernen?“, fragte Egon ehrfürchtig.
„Na klar. Das ist nur eine Frage der Technik! Probier es mal.“
Es ging tatsächlich ganz einfach. Im Pfotenumdrehen hatte Egon die Falle geschlossen und wieder geöffnet.
„Wenn Professor Honigschwamm wieder da ist, muss ich ihm das gleich erzählen“, beschloss Egon. „Vielleicht bekomme ich dann eine feine schlechte Note in Gefahrenkunde!“
„Bestimmt. Also lass ihn uns schnell suchen. Wo er ist, werden auch die Zwillinge sein. Nur wo fangen wir an?“ Albi runzelte die Stirn. Doch plötzlich leuchteten seine Augen. „Weißt du was? Wir machen es wie die Polizei!“
„Genau! Wie die Polizei!“, rief Egon. „Ähm. Wie macht es die Polizei?“

„Sie findet Vermisste mithilfe von Spürhunden. Ich hole sofort Lulu und Bazi“, erklärte Albi seinen Plan. Schnell schob er die Rattenfalle zurück hinter das Klo.
„Iiiiigittigittpfuitölengift! Du willst wirklich mit dem Müffeldackel zusammenarbeiten?“, empörte sich Egon.
„Natürlich! Das funktioniert im Fernsehen auch immer!“, beharrte Albi auf seinem Plan.
Egon schüttelte sich so heftig, dass er über den Boden rollte. In der Tür rief er Albi zu: „Also ich mache nichts mit einem Hund zusammen. Aber es hilft bestimmt doppelt schnell, wenn wir getrennt suchen! Ich überprüfe am besten noch einmal unsere Rutschbahn.“
Dann trollte er sich schnell davon.

Missglückte Rettung

„Das dumme Vieh findet doch nicht mal die Knochen, die es selbst vergraben hat!“, maulte Egon vor sich hin. „Wie will es da einen Krumpfling erschnüffeln?“
In Wirklichkeit hatte Egon große Angst vor Bazi, selbst wenn Lulu und Albi dabei waren und auf ihn aufpassten. Aber das wollte er nicht zugeben. Zu gerne hätte er Albi bewiesen, dass er die Vermissten alleine aufspüren konnte! Ganz ohne die Hundeschnuffelschleimschnauze. Er dachte angestrengt nach: Am schlauesten wäre es doch, dahin zu gehen, wo er zumindest die Zwillinge zuletzt gesehen hatte.

Kurz darauf hockte Egon im Speicher auf der Dachlukenkante und blinzelte ins Licht. Zwischen den Regenwolken blitzte gerade kurz die Sonne hervor.

Unter der plötzlichen Wärme dampften die Dachziegel. Da sie nun nicht mehr so rutschig waren, konnte Egon langsam bis in die Dachrinne klettern. Diese marschierte er entlang und lugte alle paar Meter vorsichtig über den Rand nach unten. Ein Eichhörnchen flitzte durch die große Esche davon. Sonst war im Garten nichts Ungewöhnliches zu entdecken. So gelangte Egon Schritt für Schritt bis zur Öffnung des Regenrohrs. Ein rosa Haarbändchen klemmte hier in der Anschlussstelle des Kupferblechs. Das musste von Zara sein. Egon erkannte es sofort. Sie war also hier gewesen, aber im Keller nie angekommen. Egons Haut kribbelte unter seinem Pelz. Er spürte, dass er kurz davor war, das Rätsel zu lösen.

Noch einmal reckte er den Hals weit über den Rinnenrand und linste direkt nach unten in die Tiefe. Jetzt konnte er genau von oben in die offene Regentonne blicken. Und … darin bewegte sich etwas. Egon kniff die Augen zusammen. Er hatte sich nicht getäuscht. In der Tonne paddel-

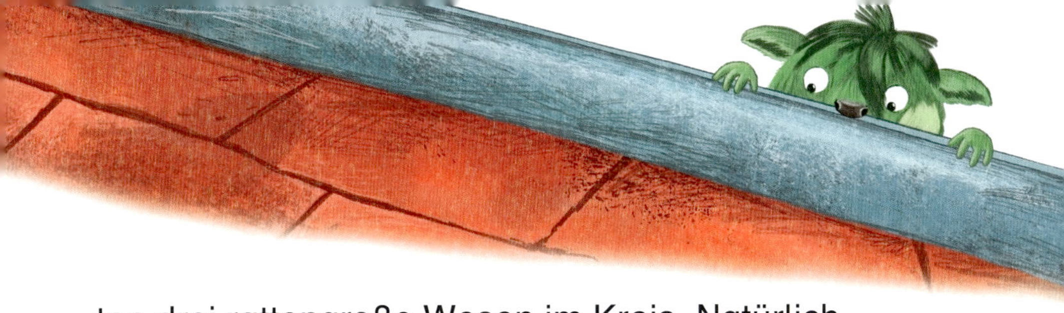

ten drei rattengroße Wesen im Kreis. Natürlich waren es keine Ratten – sondern die vermissten Krumpflinge!

Frau Artich hatte nämlich in dem Moment die Klappe des Regenrohrs geöffnet, als die Zwillinge losgerutscht waren. Und – platsch, platsch – waren sie in der Tonne gelandet.

Professor Honigschwamm hatte nicht so gründlich nachgesehen wie Egon. Nach erfolgloser Suche auf dem Dach wollte er ein zweites Mal durch das Rohr in den Keller rutschen. Aber natürlich war auch er in die Tonne umgelenkt worden.

„Haaallo!“, rief Egon dem Lehrer und seinen Klassenkameraden zu. „Hier oben! Ich bin’s, Egon!“

„Großer-Krumpfling-sei-Dank!“, ächzte Professor Honigschwamm und schrie dann: „Die Tonne ist innen wahnsinnig glitschig. Wir schaffen es nicht alleine raus.“

„Egon Krumpfling kommt euch helfen!“, schrie Egon zurück.
„Dann mal dalli, Herzilein! Wir haben keine Lust, noch lange Goldfisch im Glas zu spielen“, plärrte Zwurz.
Da Egon nicht auch in der Regentonne landen wollte, kletterte er flink außen am Regenrohr entlang nach unten bis auf den Boden. Vor lauter Eifer merkte er gar nicht, dass der Regen wieder eingesetzt hatte und ihm auf den Rücken trommelte. Hastig nagte er einen Zweig vom Buchsbaum ab und krabbelte damit auf den Tonnenrand.
„Hervorragend, Egon, hervorragend!“ Professor Honigschwamm prustete eine Ladung Wasser aus der Schnauze. „Und nun halte den Zweig nach unten, damit wir uns daran herausziehen können.“
Egon hockte sich auf den Tonnenrand und klammerte sich mit der linken Pfote daran fest. Die Algen bedeckten die komplette Innenwand der Tonne. Selbst der Rand fühlte sich glitschig an. Mit der rechten Pfote streckte er den schwimmenden Krumpflingen den Zweig hin.

„Ich, ich!“, kreischte Zara.

„Nein, ich!“, brüllte Zwurz.

Beide kraulten gleichzeitig auf den Zweig zu.

„Nicht doch! Einer nach dem anderen! Einer!“, warnte Professor Honigschwamm.

Aber es war schon zu spät: Die Zwillinge hatten beide im gleichen Moment nach dem Zweig gegrapscht und damit Egon zu sich in Wasser gerissen.

Egon taucht ab

Jetzt paddelten vier Krumpflinge in der Regentonne im Kreis herum.

„Bekloppter Blödbruder!“, keifte Zara ausnahmsweise nicht Egon an, sondern Zwurz. „Wieso hast du dich an den Zweig gehängt? Das war doch spiegeleierklar, dass der minimickerige Schwächling uns nicht beide halten kann!“

„Weil ich endlich aus diesem Matschfass herausmöchte. Genau wie du!“, stänkerte Zwurz.

„Du hättest warten müssen, du Schwammhirnschwester!“

Er schnappte ein Maul voll Wasser und prustete es ihr ins Gesicht.

„Ruhe“, mahnte Professor Honigschwamm die Zwillinge. „Spart eure Kräfte fürs Schwimmen. Eure Kräfte.“ Er drehte sich auf den Rücken, breitete die Arme aus und ließ sich treiben.

„Ihr habt gemeinsam unsere Rettung verhindert.“ Wie konnte der Professor so ruhig bleiben? Egon wurde nervös und schwamm mit ein paar schnellen Zügen an den Tonnenrand. Über ihm ragte steil die grüne Innenwand auf. Sie war mindestens so hoch wie er selbst. Er versuchte sich mit den Krallen in das Holz zu haken, aber die Algen machten die Oberfläche so glatt, dass seine Pfoten sofort abrutschten.
„Werden wir jetzt alle ertrinken?“, fragte Egon verzweifelt.
Er änderte die Richtung und paddelte im Kreis. Allerdings machte er einen Bogen um den Wasserfall, der aus der Klappe des Regenrohrs herunterprasselte. In den letzten Tagen hatte er genug Wasser geschluckt!
Professor Honigschwamm tröstete ihn: „Aber nein, natürlich werden wir nicht ertrinken. Werden wir nicht. Da der Wasserspiegel steigt, treiben wir

wie Bojen nach oben. Das heißt, wir müssen nur abwarten, bis das Wasser am Rand angekommen ist. Dann können wir hinausklettern und heim zur Krumpfburg wandern. Zur Krumpfburg."
Er rollte sich wieder auf den Bauch und machte ein paar Purzelbäume vorwärts. „So wie der Regen jetzt wieder herunterplatscht, kann es nicht mehr lange dauern. Nicht mehr lange."
Tatsächlich stieg das Wasser schneller als erhofft. Bald schon rief Professor Honischwamm: „Alle zu mir. Alle. Jetzt steigen wir aus der Tonne!" Weil er ja etwas größer als seine Schüler war, reichten seine Bartspitzen schon über den Tonnenrand. Egon schwamm hinter Zara und Zwurz zu ihm. Doch plötzlich zischte Professor Honigschwamm seinen Schülern zu: „Krumpfkäsefuß! Menschenfrau in Sicht! Taucht ab, taucht!"
Alle vier schnappten nach Luft und tauchten tief nach unten. Egon riss die Glupschaugen weit auf, um den Anweisungen des Lehrers zu folgen. Sprechen konnten sie unter Wasser ja nicht. Darum nickten sie sich zu und gaben sich Zeichen

wie Taucher. Doch genau in dem Moment, als Professor Honigschwamm mit der Daumenkralle nach oben zeigte, wurde es stockdunkel. Egon riss die Glupschaugen noch weiter auf, aber er konnte nichts mehr sehen. Es war, als wäre er plötzlich blind geworden! Trotzdem versuchte er aufzutauchen. Als er den Kopf aus dem Wasser heben wollte, knallte er gegen etwas Hartes. Er versuchte es noch einmal mit mehr Schwung. Nun stieß er nur heftiger gegen den Widerstand. Hilfe! Warum war die Regentonne denn plötzlich verschlossen?

Ganz einfach: Frau Artich war aufgefallen, dass die Tonne voll war. Deshalb hatte sie die Klappe des Regenrohrs geschlossen und die hölzerne Abdeckung auf die Tonne gelegt!

Oma Krumpfling dreht durch

Jeder kann sich vorstellen, wie schrecklich sich der arme Egon fühlte. Und seinen Klassenkameraden und Professor Honigschwamm ging es nicht besser! Panisch versuchten alle vier immer wieder aus der Regentonne aufzutauchen. In der Dunkelheit konnten sie sich jedoch gar nicht mehr orientieren. Entweder knallten sie gegeneinander oder an die Tonnenwand oder schlugen ihre Schnauzen an der hölzernen Abdeckung an. Zehn Minuten und 12 Sekunden. Das war der Rekord, den Egon bisher im Tauchen geschafft hatte. Davon waren schon kostbare Sekunden verstrichen.

„Wenn nicht in zehn Minuten und ein bisschen ein Wunder geschieht", sagte Egon in Gedanken zu sich, „wirst du nie wieder mit Albi Quatschquark machen können."

Dann überlegte er, wie furchtbar sich Albi fühlen würde, wenn sein Krumpflingsfreund plötzlich weg wäre. Da wurde Egon noch viel trauriger und weinte ein bisschen. Aber weil er unter Wasser war, spürte er seine eigenen Tränen nicht.

Plötzlich keimte ein Hoffnungsschimmer in ihm: Gleich würde doch Albi mit Lulu und Bazi durch den Garten laufen! Egon musste sich nur irgendwie bemerkbar machen. Dann würde sein Albi ihn sicher retten! Er tauchte durch die Dunkelheit, bis er mit seinen Krallen die Tonnenwand spürte. Dort trommelte er, so fest er konnte, gegen das Holz. Seine kleinen Fäuste taten bald weh, aber Egon gab nicht auf. Noch acht Minuten und 31 Sekunden!

Egon hatte sich nicht getäuscht. Albi war wirklich gerade mit Lulu und Bazi auf dem Weg durch den Garten. Die beiden Kinder hatten beschlossen, ihren Spürhund einmal um die Villa Artich zu führen. Dann wollten sie sich mit ihm von unten nach oben durchs

Haus arbeiten. Irgendwo mussten die drei vermissten Krumpflinge doch stecken! Dass inzwischen auch ihr liebster Freund Egon verloren gegangen war, ahnten sie ja noch nicht einmal! Das bemerkte nur Oma Krumpfling, die gerade vom Krumpflingsrat zurückkam und über das Wattestäbchen stolperte. Ihre Handtasche war – bis auf die Hälfte der Vorderseite – so schmutzig wie zuvor. Und von Egon war kein Härchen zu sehen. Oma Krumpfling fand den kleinsten Krumpfling auch nicht in seiner Wohnhöhle, der rot gepunkteten Kindergießkanne. Aus dem rechten Skistiefel Größe 48, in dem Egon ein paar Tage hatte wohnen dürfen, war er wieder hinausgeworfen worden. Aber sicherheitshalber sah sie auch dort nach. Nichts. Da begann die Sippenchefin zu fürchten, dass auch Egon ein Opfer des schrecklichen Krumpflingverschwindens geworden war!

„Oioioi, nicht auch noch mein Herzchendummling Egon!", jammerte sie laut.

Dann rannte sie in blinder Panik einfach drauflos.

Bazi ist nicht blöd

Noch acht Minuten und zwei Sekunden! Egon fühlte sich immer noch fit, aber die Zeit tropfte dahin wie schmelzendes Eis. Er trommelte jetzt abwechselnd mit Pfoten und Füßen gegen die Tonnenwand. Inzwischen waren auch Professor Honigschwamm und die Zwillinge bei ihm vorbeigetaucht. Sie wussten zwar nicht, wer sie hören sollte, aber in ihrer Verzweiflung klopften nun auch sie neben Egon von innen gegen das Fass. Und tatsächlich wurden sie bemerkt. Bazi hatte nämlich nicht nur eine gute Schnuffelnase, sondern auch ein sehr feines Gehör.

Lulu wollte ihren Dackel gerade am Regenfass vorbei um die Hausecke ziehen, da stemmte er alle vier Pfoten in den Kies.

„Jjjiuhij! Grjuuh jjuuij!", jaulte er. Das bedeutete in Hundesprache: „Anhalten! Komisches Geräusch!"

„Warte mal!", rief Albi Lulu zu. „Bazi hat etwas gewittert."

Die Kinder untersuchten gemeinsam den Boden. Außer ein paar verwelkten Blättern, ein bisschen Moos und Kies konnten sie aber nichts entdecken. Bazi schnüffelte inzwischen am Bauch der Regentonne und bellte: „Wwrau grr wjuff!" Doch Lulu und Albi kapierten nicht, dass er ihnen sagen wollte: „Hier Pelzwesen gelaufen!"

Ja, Bazi roch die Geruchsspur, die Egon hinterlassen hatte, als er mit dem Buchsbaumzweig auf den Tonnenrand geklettert war. Lulus Dackel war wirklich nicht dumm. Dumm war nur, dass die Kinder keine Hundesprache verstanden!

„Nein. In die Tonne sind sie sicher nicht gefallen. Die ist ja fest zu!", überlegte Albi. „Und obendrauf sehe ich auch nichts. Außerdem wollte Egon noch einmal das ganze Rohr kontrollieren."

„Nun komm schon, du Dummdackel", schimpfte Lulu ihren Hund. „Du sollst nicht an der Tonne schlecken, sondern Professor Honigschwamm und die Zwillinge aufspüren!"

Albi nickte. „Ja, lass uns lieber im Haus weitersuchen."

Also packte Lulu die Leine mit beiden Händen und zerrte Bazi zur Terrassentür. Da hatten die vier Krumpflinge im Wasserfass noch Luft für fünf Minuten und sechs Sekunden.

Rettung in letzter Sekunde

Im Wohnzimmer wurden Albi und Lulu von Frau Artich abgefangen. „Was habt ihr denn mit dem Hund vor?“, fragte sie spitz.
Auch Lulu wusste inzwischen, dass Albis Mutter keine Tiere im Haus mochte.
„Guten Tag, Frau Artich“, begrüßte Lulu Albis Mutter besonders höflich. „Wir sollen bis nächste Woche ein Tierbild für den Kunstunterricht malen. Und Albi möchte Bazi zeichnen. Es soll ein möglichst relatistisches Bild werden.“
„Das könnte er doch auch bei euch machen“, erwiderte Rosalie. „Ich habe heute alle Böden gewischt.“
„Wir gehen mit Bazi direkt in mein Zimmer!“, versuchte Albi seine Mutter zu überreden. Von dort aus konnten sie unbemerkt den Speicher absuchen.

Nun streckte Herr Artich den Kopf ins Wohnzimmer. Er war gerade aus dem Büro gekommen und wollte im Fernsehen die Sechs-Uhr-Nachrichten ansehen. Um eine längere Diskussion zu verhindern, sagte er außergewöhnlich streng: „Du hast gehört, was deine Mutter gesagt hat, Albert. Bringt das Tier zurück zu Luise. Keine Widerrede." Dann ließ er sich neben Rosalie aufs Sofa fallen und griff nach der Fernbedienung.
Zu diesem Zeitpunkt hatte Egon im Regenfass noch Luft für eine Minute und 44 Sekunden.
„Aber …!" Lulu war es nicht gewohnt, so einfach aufzugeben. Doch Albi kannte seine Eltern.
„Komm, Lulu. Das hat keinen Sinn."
Wütend stapfte er zurück zur Terrassentür und winkte Lulu mitzukommen. Gerade als sie wieder in den Garten treten wollten, rief Herr Artich ihm nach. „Stechmücken legen ihre Eipakete bevor-

zugt in stehenden Gewässern ab. Deck doch bitte unterwegs die Regentonne zu."

Albi wollte erwidern, dass die Tonne bereits abgedeckt sei, da erklärte Rosalie Artich: „Brauchst du nicht, mein Schatz. Das habe ich eben schon erledigt, als ich die Klappe des Regenrohrs geschlossen habe. Heute hat es ja so geschüttet, dass das Fass in kurzer Zeit am Überlaufen war."

In diesem Moment ging Albi ein Licht auf. Und zwar 26 Sekunden, bevor Egon dringend wieder Luft holen musste.

„Hast du etwa die Klappe heute Vormittag aufgemacht und sie vorhin zugeklappt und dann den Deckel daraufgelegt?", fragte er seine Mutter.

„Genau. Aber nun versuch nicht Zeit zu schinden, sondern schaff den Dackel aus dem Haus."

Doch da war Albi schon draußen. Seine Mutter hatte die Klappe geöffnet, Egons Lehrer und seine Klassenkameraden waren in die Tonne gefallen. Danach hatte sie den Deckel wieder darauf gelegt. Und möglicherweise war sein Freund Egon davor auch noch in das Fass geplumpst. Er hatte ja gesagt, dass er das Regenrohr kontrollieren wollte! Egon war in höchster Gefahr. Und Bazi hatte ihnen sogar gezeigt, wo die Vermissten waren! Albi machte einen Satz über die Hundeleine, sprintete an der verblüfften Lulu vorbei und raste die Terrassentreppe hinunter. Immer zwei Stufen auf einmal.

Genau in dem Moment, als Egon die Luft ausging, riss Albi die Abdeckung der Regentonne herunter! Der kleine Krumpfling sah Licht und schwamm an die Wasseroberfläche. Über ihm tauchte Albis besorgtes Gesicht auf. Dahinter trabte Lulu heran. Professor Honigschwamm, Zara und Zwurz ließen sich, so schnell sie konnten, über den Rand der Tonne plumpsen und wuselten davon.

Egon wurde von Albi aus der Regentonne gehoben. Der Krumpfling holte ein paarmal tief Luft. „Das war knapp“, sagte er und schüttelte das Wasser aus seinem Pelz. „Aber ich glaube, ich habe gerade meinen persönlichen Tauchrekord gebrochen. Das waren mindestens zehn Minuten und 13 Sekunden!“

„Oh, mein Egon. Was für ein Glück, dass Bazi euch gehört hat.“

Albi konnte nicht anders und drückte dem kleinen Krumpfling ein dickes Bussi auf das nasse Köpfchen.

„Iiih!“ Egon schüttelte sich, doch er lächelte dabei. Dann schmiegte er sich in die warme, trockene Hand des Jungen und flüsterte: „Aber ist schon in Ordnung. Mein bester Freund darf mich sogar küssen.“

Schorschi wird lila

Professor Honigschwamm und die Zwillinge waren hastig durch das gekippte Kellerfenster in die Villa Artich geschlüpft. Dort warteten sie auf Egon. Als der kurz darauf zu ihnen stieß, fragte Professor Honigschwamm besorgt: „Diese Kindermenschen haben dich doch hoffentlich nicht genau gesehen, nicht genau?“
„Nö!“, schwindelte Egon frech. „Die haben sicherlich gedacht, dass da ein Fröschchen im Regenfass geschwommen ist.“
Dabei streichelte er sich über den Haarschöppel und dachte an Albis liebevollen Kuss.
„Da haben wir ja krumpfig viel Glück gehabt. Krumpfiges Glück“, sagte Professor Honigschwamm erleichtert. „Das hätte auch schlecht ausgehen können!“ Dann führte er seine drei Schüler zurück nach Hause.

Unter großem Jubel wurden die vier Heimkehrer auf dem Hauptplatz der Krumpfburg empfangen. „Hurra!“ und „Hussa Krumpfsassa!“ dröhnte es durch die Burg. Alle Krumpflinge scharten sich um sie und zupften an ihnen.
Alle? Nein, es fehlte schon wieder ein Sippenmitglied! Professor Honigschwamm bemerkte als Erster, dass Oma Krumpfling nicht wie gewohnt das Wort übernahm. Hatte sich die Chefin etwa zu einem weiteren Nickerchen zurückgezogen? Doch als die Krumpflinge dort nachsahen, war ihre Handtasche – bis auf ein paar Lockenwickler – leer. Nachdem die Krumpflinge auf der Suche nach ihrer Chefin in der Krumpfburg jedes Staubkörnchen umgedreht hatten, fiel Dusselkurt etwas ein. „Ich wollte gerade den Müll rausbringen, da ist die Chefin wie von der Hummel gebissen an mir vorbeigerannt“, erinnerte er sich plötzlich. „Und dabei hat sie die ganze Zeit gejammert, dass jetzt auch noch ihr Egon weg ist.“
Schorschi wurde zartlila vor Eifersucht, als er das hörte.

Seufzend entschied Professor Honigschwamm: „Hört diese Sucherei denn gar nicht mehr auf? Aber es hilft ja nichts. Wir müssen wohl schon wieder nach oben zu den Menschen. Schon wieder." Er schnürte sich den Bademantel fest um den Kugelbauch. „Am besten, wir bleiben ab jetzt zusammen. Dann kann keiner mehr verloren gehen. Keiner!"

So kam es, dass diesmal 49 Krumpflinge die Kellertreppe hinaufkletterten und alle zusahen, wie Egon Oma Krumpfling rettete. Die hockte nämlich auf der obersten Stufe ... in der Rattenfalle!

„Krumpfteufeltintenfischpipi! Ich will hier raus!", keifte sie und rüttelte am Gitter.

Ratlos umringten die klügsten Krumpflinge die Falle.

„Ich fürchte, das bedeutet lebenslänglich hinter Gittern. Wie man Rattenfallen öffnet, steht in keinem Lehrbuch", stellte Professor Honigschwamm fest und kratzte sich den Kopf.

Egon drängte sich in die vorderste Reihe. „Dazu braucht man kein schlaues Buch“, sagte er. „Nur etwas gesunden Krumpflingsverstand!“ Und dann zeigte er seiner verdutzten Sippe, wie man mit einem Pfotengriff die Klappe der Rattenfalle öffnete.
Unter dem Applaus der anderen Krumpflinge marschierte Oma Krumpfling aus der Falle geradewegs auf Egon zu.
„Egon Krumpfling“, sagte sie, „du bist ein Held! Danke!“
Schorschi wurde regenwolkenlila vor Eifersucht, als er das hörte. Denn bevor Egon sich wegducken konnte, hatte Oma Krumpfling ihn auf den Haarschöppel geküsst. Und das war in der Geschichte der Krumpflinge noch nie, wirklich noch nie, vorgekommen.

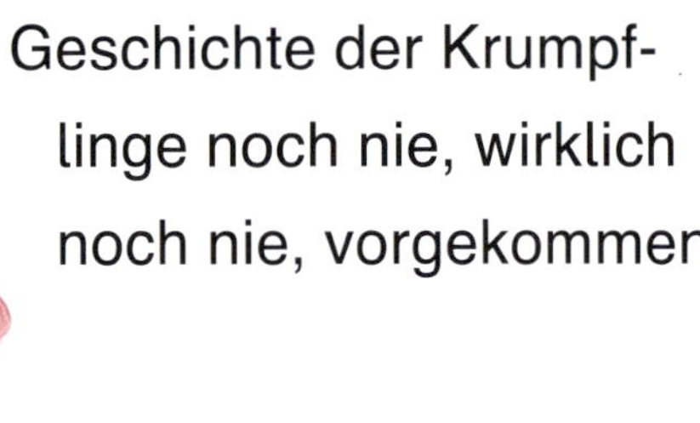

Annette Roeder

DIE KRUMPFLINGE

Egon zieht ein
96 Seiten,
ISBN 978-3-570-15858-6

Egon wird erwischt
96 Seiten,
ISBN 978-3-570-15859-3

Egon schwänzt die Schule
96 Seiten,
ISBN 978-3-570-17090-8

Egon taucht ab
ca. 96 Seiten,
ISBN 978-3-570-17123-3

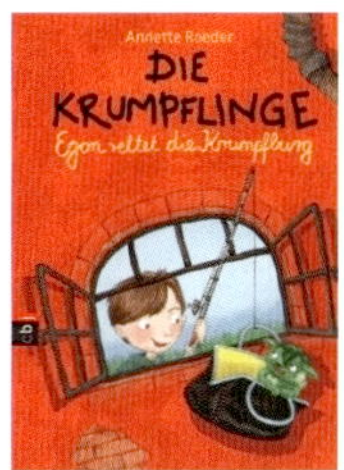

Egon rettet die Krumpfburg
ca. 96 Seiten,
ISBN 978-3-570-17262-9

Egon wird großer Bruder
ca. 80 Seiten,
ISBN 978-3-570-17284-1

Egon wünscht krumpfgute Weihnachten
96 Seiten,
ISBN 978-3-570-17344-2

Egon macht Ferien
96 Seiten,
ISBN 978-3-570-17395-4

Egon spukt in der Schule
96 Seiten,
ISBN 978-3-570-17477-7

8308_9

www.cbj-verlag.de